La Corse,

L'ILE D'ELBE, LES GRECS

ET SAINTE-HÉLÈNE.

PARIS, IMPRIMERIE DE GAULTIER-LAGUIONIE, HÔTEL DES FERMES.

La Corse,

L'ILE D'ELBE, LES GRECS

ET SAINTE-HÉLÈNE.

Inspiration poétique du 18 février 1827,

en vue de l'île d'Elbe.

Par Théophile Féburier,

OFFICIER DU GÉNIE AU SERVICE DES GRECS, (EX-COMMANDANT SUPÉRIEUR DU
GÉNIE A NAPOLI DE ROMANIE), ET INGÉNIEUR EN CHEF DE L'ILE DE SAMOS,

Auteur des Corinthiennes sur les Grecs, du poème de l'Inhumation et du Chant funèbre
aux Mânes du général Foy, etc., etc., etc.

PARIS,

RUE DE L'ÉCOLE DE MÉDECINE, No 4.

MARS 1827.

La Corse,

L'île d'Elbe, les Grecs

ET SAINTE-HÉLÈNE.

Bravant depuis vingt jours la colère des vents,
Balancé par les flots un navire fend l'onde :
Autour de lui la mer est immense et profonde :
    L'air retentit de ses mugissements.

Près d'un chef bien-aimé, fier de sa confiance,
A la poupe attaché le pilote est debout :
La main au gouvernail, il cherche au loin la France :
Sa voix retentissante a donné l'espérance :
Il pousse un cri vainqueur, répété tout-à-coup;
    « Français, a-t-il crié, la France! »

Du fond de l'Alcyone, à ce nom révéré,

A ce nom tout-puissant par l'honneur consacré,

   Le cœur saisi d'une sainte allégresse,

On accourt, on s'élance, à l'envi l'on se presse ;

Deux îles ont frappé nos regards attendris :

L'une en reine des mers promène au loin la chaîne

De ses monts sourcilleux que la neige a blanchis :

L'autre, dix mois terreur des souverains du monde,

Du poids de ses rochers semble menacer l'onde

Qui la bat follement de l'effort de ses flots.

   Toutes deux, séjour d'un héros,

     Héritent d'un renom immense ;

L'une servit d'asile au soldat malheureux,

Mais la Corse pour nous sera toujours la France !

   Comme ici tout est merveilleux !

C'est là que la nature a fait don de la vie

A cet enfant obscur dont sa pauvre patrie

    N'a pas salué le berceau,

Du joug des fiers Génois quand fuyant l'insolence,
Elle tomba sanglante aux mains de notre France
Qui bientôt reçut d'elle un éclat tout nouveau !
A peine il était né, que déjà la Victoire
Prenait Napoléon dans les bras de la Gloire,

    Et du haut de son char d'airain,
De ce char que plus tard conduisit sa vaillance,
Jetait son faible corps au fond de la balance,
  Où de tout l'univers se pèse le destin.

Dieu ! que ce poids fut lourd dans la balance humaine !
A tenir le fléau ta main eut de la peine ;
Ta grandeur médita sur des prochains exploits,
Et d'un rayon divin couronnant son visage,
Bientôt tu présentas cette brillante image,
    Que devaient adorer cent rois !

Quel feu dans cet œil noir qu'animait le génie !
    Dès ses plus jeunes ans,
    Quelle ardeur tourmenta sa vie !
    Comme il a rempli son printemps !

On le vit fatigué des travaux de l'école,

Seul, loin de tous, un César à la main,

Se nourrir du héros romain;

Mépriser tous les jeux comme un plaisir frivole;

Applaudir à la guerre en plaignant ses fureurs;

Envier jusqu'au Capitole,

Et s'en promettre les honneurs!

Ses yeux, après onze ans, ont vu la ville altière,

Que le destin léguait à son noble avenir :

Il touche à peine au seuil de sa carrière,

Et semble deviner ce qu'il doit devenir.

Qui le délivrera de ce feu qui l'embrase?

Tourmenté du besoin de se donner un nom;

Soldat, il court sous les murs de Toulon,

L'environne de feux, les dirige..., et l'écrase!

C'était déjà Napoléon!

Il rentre dans Paris où l'attend la fortune.

Vingt partis y régnaient, dont la fougue importune,

Les jalouses fureurs et les édits sanglants,

Pour un roi renversé se donnaient cent tyrans,

Qui ne régnaient qu'un jour, et moins tribuns que princes,

Allaient épouvanter nos tremblantes provinces !

Quel spectacle hideux ! les têtes des proscrits

Honoraient, en tombant, les échafauds surpris,

Jusqu'au moment fatal, où, vaincus par eux-mêmes,

Ces tribuns insolents et lâches tour-à-tour

Subissaient du destin les sentences suprêmes ;

Et dignes de leur sort, par un juste retour,

Sous la main des bourreaux succombaient à leur tour !

Corse, qu'il fut brillant le jour où la Victoire,

Remplissant l'univers des éclats de sa voix,

T'apprit que ton enfant, adopté par la Gloire,

Avait vengé ton nom et puni les Génois !

Tu le vis, jeune d'ans, mais vieux de renommée,

S'élancer sur ces bords fatals à Saint-Louis :

La ville d'Alexandre a reçu son armée,

Des beys altiers l'audace est désarmée ;

Le Caire a salué ton fils.

Bravant des Mamelucks les attaques perfides,

Il les poursuit dans leurs déserts brûlants ;

Il les disperse tous au pied des Pyramides,
Et prend à témoins trois mille ans !

L'Anglais a deviné ce que peut sa vaillance ;
Il a juré sa mort et maudit son retour :
     Une chaîne s'étend immense,
     Et semble à l'appui de la France
     Fermer la France pour toujours :

     Sans peur, plein de sa destinée,
Sur un frêle navire il se confie aux flots ;
Vingt jours passés, il touche à la France étonnée :
     La Liberté veillait sur le héros !

Il arrive, et bientôt, d'une main salutaire,
Il ose renverser l'autorité précaire
Qui fatiguait l'état de sa débilité :
     En un seul jour son audace l'élève :
Consul, il a reçu la pourpre avec le glaive
     De la main de la Liberté !

Ta puissance toujours sera-t-elle usurpée,

O Liberté, toi qu'il a tant trompée!

Comme il oublia son serment!

Aux champs de Marengo, tu le vis encor grand;

Là, tu le vis encor l'enfant de sa patrie:

Deux ans passés, il t'a trahie:

Cesse aujourd'hui de l'accuser!

La noble France avait un maître:

Mais de ses fers dorés ne s'aperçut peut-être

Que le jour malheureux où tu les fis briser,

Quand l'Europe à ta voix amassa ses cohortes,

Et du Nord au Midi vint assiéger nos portes!

Hélas! quel fut le fruit de ton juste courroux?

Ton fils a dû périr sous la main de sa mère,

Et les rois qu'a servis ta puissante colère,

Ces rois qui te caressaient tous,

Insultent maintenant à ta noble misère,

Et te traînent à leurs genoux!...

Il tombe sous tes coups ce géant de la guerre,

Avec cet aigle altier dont la brûlante serre

Pour jamais est empreinte au front de ses vainqueurs;

L'île d'Elbe étonnée accueillit leurs malheurs,

    Et dans un coin de l'Italie

Sur la plage stérile où gémissait leur vie,

La Corse vit encor flotter les *trois couleurs!*

Oh! pourquoi n'ai-je pu, devançant les années,

Méditer près de lui de grandes destinées,

Jouer avec son sabre et son aigle vivant!

Combien j'aurais tâché de saisir sa pensée,

Et les âpres discours que son ame oppressée

    Devait exhaler si souvent!

Quel bonheur de le voir, plus grand que sa ruine,

Fouler du pied l'écueil que sa grandeur domine;

Le front nu, loin de tous, promener ses pas lents;

Ou bien, le front couvert de son chapeau magique,

Ainsi qu'un vieux soldat de notre république,

    Derrière lui croiser ses bras puissants!

Quels souvenirs devaient assiéger ta mémoire!

Napoléon, dans le calme des nuits,

Et près de ce théâtre où pleurait la Victoire,

Quand tout venait t'offrir le tableau de ta gloire,

Rappeler tes hauts faits et grandir tes ennuis!

C'est là que dans Lodi tu vainquis pour la France!

C'est là que succomba Desaix!....

Là, tu naquis.... Là, Dieu prépara ta puissance!

Là, Joachim a trahi les Français!

Ton regard de la mer parcourant l'étendue,

Aux champs helléniens a promené sa vue:

La Grèce est endormie aux pieds de l'Ottoman;

Et retrouvant alors le cœur de ton jeune âge,

Ton génie en courroux a maudit l'esclavage:

Tu te sens déchiré par un nouveau tourment.

Tu voudrais, t'élançant au-delà du rivage,

Porter chez le soudan le trouble et le ravage;

Vaincre comme en Égypte aux plaines du Thabor;

Ta main involontaire a saisi ton épée,
Et d'un rêve divin ta vaillance occupée
	A pris un prophétique essor.

Les siècles à venir devant toi se déroulent :
Les temples des tyrans, tu les vois qui s'écroulent :
Tu vois la Grèce libre au sortir de ses fers ;
Tu vois le Grec armé de la croix redoutable,
Poursuivre incessamment l'ennemi qui l'accable,
Aux applaudissements de nos deux univers.

Le Grec combat et meurt : il meurt sans assistance,
Expire, délaissé par la foule des rois :
Il appelle en mourant les drapeaux de la France,
Qu'il sait grande, puissante et chrétienne à la fois :
Tout est sourd à ses vœux, et le prêtre du Tibre
Repousse loin de lui le chrétien qu'il voit libre !

Le monde européen plus chrétien que ses rois,
A la Grèce qui meurt, que le trône abandonne,
Jette, en versant des pleurs, le denier de l'aumône ;

Quelques Français aussi, s'échappant de ses bords,
Vont porter aux enfants de la pauvre Helliade
Leur indignation, leur glaive et leurs efforts :
   Les descendants de Miltiade,
A l'aspect d'un Français gisant parmi les morts,
Ou souffrant avec eux la faim et la misère,
D'un injuste abandon n'accusent pas sa mère :
Ils l'aiment dans ses fils, la voyant sur leurs bords
   Comme vivante et tout entière !

   Napoléon, d'où vient que tu frémis ?
Dans les cieux ébranlés, dans les airs obscurcis,
   Napoléon, qu'as-tu pu reconnaître ?
   Grand Dieu ! c'est le bruit du salpêtre !
Dans les mêmes débris, dans les mêmes tombeaux,
Il confond à la fois l'esclave avec le maître,
Le vainqueur, le vaincu, le brave avec le traître !...
Grecs, si vous succombez, vous mourez en héros.
Missolonghi n'est plus ! mais son grand nom demeure ;
Contemplez près de vous le conquérant qui pleure.
Il voit dans l'avenir toute l'Europe en deuil ;
La France en a gémi, plus qu'au jour de carnage,

Où le sort, trahissant le plus rare courage,
Mit la grande armée au cercueil.

Pleure, Napoléon! tu prévois que l'histoire
Ne te laissera pas, ni couronner la gloire
Sous les voûtes du Parthénon,
Ni mourir dans les champs qu'illustra ta jeunesse,
Tout près des rives de la Grèce,
Au pied de la colonne, ou dans le Panthéon.

Cependant tu savais que le Grec est fidèle;
Tes yeux sur ton rocher contemplaient le modèle
De sa grande fidélité [1].
Tes regrets sont tout pleins d'une douleur amère,
Car tu ne feras pas ce qu'il avait su faire
Dans ton adversité!

---

[1] M. Th***, après avoir servi la France sous l'empereur dans la double carrière militaire et diplomatique, crut devoir suivre cet homme qu'il avait vu entouré de toutes les pompes de la fortune sur le roc où le malheur le conduisait; toutes les fidélités me semblent également honorables sous tous les règnes et à toutes les époques.

Napoléon !.... tu pars !.... tu n'es plus sur la rive !

Tu soustrais ton malheur à l'Europe attentive !....

Où vas-tu loin du port ? Où t'entraînent les flots ?

Sur le frêle vaisseau qui loin d'ici t'emporte,

Je ne vois pas d'armée.... et tu n'as qu'une escorte !....

Tu déroules dans l'air tes généreux drapeaux !....

Tu descends!... fils de Mars !... Napoléon !... Arrête !...

La foudre au golfe Jean pourra frapper ta tête ;

Un souverain puissant domine où tu régnais ;

Ses guerriers, devant toi, bientôt vont apparaître.

Ils marchent, ô héros, tu ne les vaincras pas !....

. . . .

Mais tu parles !.... Leurs voix ont salué leur maître ;

Tous ils baisent tes mains et protègent tes pas !....

Tout a fléchi.... Tout bénit ta puissance....

    Pàrtout l'on appelle tes lois.

Tu rentres dans Paris après dix mois d'absence,

    Et le monde tremblant des rois,

Ces rois dont Vienne encor adorait la présence,

Ce peuple de tyrans vient de son insolence

    Nous fatiguer pour la dernière fois !

Serre les rangs, ô phalange éternelle !

Aux armes, citoyens, devant vous est l'Anglais !

Agitez dans les airs la bannière immortelle,

Le jeune aigle français la défend de son aîle,

Et les champs de Fleurus promettent des succès.

Aux puissants souvenirs que son grand nom rappelle

Fleurus un jour encore est demeuré fidèle !

L'aigle noir de Berlin s'enfuit tout déchiré :

Il laisse dans sa fuite échapper son tonnerre.

Le léopard frémit : il rugit de colère ;

   De sang français il s'avance altéré.

Plaines de Waterloo, vous avez vu la foudre

Gronder sur les hauteurs qui bordent Mont-Saint-Jean :

Déjà le léopard a roulé dans la poudre

Que font voler les pas du coursier du géant.

Déjà de son burin, sur son livre, l'histoire

Avait inscrit pour nous un triomphe de plus,

Alors que le destin de ses coups absolus

Nous ravit le triomphe en nous laissant la gloire !

Seule, elle consola tous les cœurs abattus;

Pour pleurer un tel jour, nos yeux n'ont plus de larmes;

Le Français devait vaincre, et nous fûmes vaincus!...

Et le Scythe bientôt du fracas de ses armes

Ébranla dans Paris les voûtes des palais

Où commandait la Prusse, où veillaient les Anglais!...

On dit qu'alors, de sa base étonnée,

On voulut arracher par un effort soudain

Cette masse d'airain, de foudres façonnée,

Où domina cinq ans un héros souverain.

Mais l'orgueil ennemi n'osa pas l'entreprendre!

Colonne, de ta base on n'osa te descendre....

L'aigle voltige encor aux coins du monument!

Son cri victorieux semble se faire entendre :

Son foudre éteint semble vomir la cendre,

Et son regard aigu menace incessamment!

L'aigle dort, mais le coq peut venger son outrage;

    Et l'opprobre de ses affronts.

A l'oiseau dont Brennus couronnait son image,

Qu'un Bourbon rende un vol pleuré par son courage,

Il le verra bientôt humilier les fronts

De tous ces rois germains, dans un jour de carnage!

Cet oiseau glorieux saurait franchir les mers :

Il vengerait les Grecs, finirait leurs revers;

Il saura vous venger, Trévise, duc d'Istrie,

    Eckmüll, Tarente, d'Almatie,

    Vous tous, vainqueurs de l'univers,

Dont les mains par deux fois surent donner des fers

A ce prince imprudent dont l'insolent parjure,

Insultant à nos rois ainsi qu'à vos hauts faits,

Au milieu de la paix, par une lâche injure,

Réveilla votre haine et l'espoir des Français!

. . . .

Le héros l'avait dit:« Un jour pleins de ma haine,

« Mes soldats maudiront ma prison et mes fers; »

    Lorsque l'Anglais à l'autre bout des mers,

    Sur le rocher de Sainte-Hélène,

Aux murmures confus de la vague et des vents,

    Rivait les deux bouts de la chaîne

Dont son bras tant français les menaça quinze ans!

Ah ! qu'il a payé cher la longue inquiétude,

    Dont il fatiguait Albion !

De tourmenter ses jours on fit l'horrible étude ;

    On a livré les clefs de sa prison

    A l'homme affreux qu'un grand peuple renie,

Dont il craint aujourd'hui de proférer le nom !

En vain Napoléon à l'Anglais se confie :

De mers en mers nous l'avons vu traîné,

Et sur son roc désert par un Lowe enchaîné !

Oh ! qui dira jamais ce que souffrit son ame,

Quand loin de son pays, de ses sœurs, de sa femme,

Et privé des baisers de son unique enfant,

Il se sentit fixé sur un rocher stérile ;

Prisonnier, pour toujours à la gloire inutile,

    Mais toujours impassible et grand ?

Quand le soir de Longwood il atteignait la cime,

Il venait mesurer l'épouvantable abîme

Que le génie anglais présentait à ses yeux.

Le bruit sourd de la vague, il aimait à l'entendre ;

Le murmure des vents, il savait le comprendre,

Son ame applaudissait à leurs combats affreux :
Ce désordre semblait éveiller sa pensée :
Seul il répondait bien au trouble de ses sens,
Car la mer en courroux, par les vents oppressée,
Devait amuser ses tourments.

Napoléon aussi dut, près de vingt années,
Supporter seul cent efforts ennemis;
Il poussa jusqu'au bout ses vastes destinées,
Cet avenir à son fils tant promis !
Comme la mer qui cède aux assauts de l'orage,
Aux efforts redoublés de tous les vents unis,
Il cède lentement, maître de son courage,
Et semble encor plus fier au moment du naufrage :
Contre les coups des rois échappés de ses mains,
Héros, tant qu'il le peut, il défend ses destins !...
Mais tout finit par un orage!....

Il bravait quelquefois les longueurs de la nuit,
Ou son corps fatigué se reposait sans bruit
Sur ce lit tout de fer, compagnon de sa gloire,
Qu'au milieu de ses camps protégeait la victoire,
Après six ans passés où la mort le surprit!

Quelle mort!.... Elle fut dès six ans préparée :
Lowe, ce lit fatal est ton accusateur !
Ta hideuse mémoire est pour nous consacrée ;
Tu réponds du forfait, s'il est un Dieu vengeur !

Le soleil du cinq mai vit la livide bouche
De ce soldat heureux qui protégea des rois,
Murmurer quelques mots d'une tremblante voix,
Et sa tête tomber pour jamais sur la couche
    Qui si long-temps lui servit de pavois !
On aperçut alors sur sa poitrine entière
Les traces d'un trépas avec soin médité ;
Et plus tard l'on apprit qu'un mal héréditaire,
    Un mal qui lui ravit son père,
Sauvait Napoléon de sa captivité !

Ah ! si Napoléon, maître du Capitole,
Fût mort dans son palais et dans son lit doré,
Cent rois seraient venus saluer l'auréole
Dont l'éclat orne encor son front décoloré :
Saint-Denis recevait sous sa voûte royale
D'un second empereur la poudre impériale ;
    La France en deuil autour d'elle pleurait.

L'Église, retrouvant les usages antiques,

Pour son repos futur chantait les vieux cantiques,

Que pour Louis le saint jadis elle chantait :

Son ombre eût entendu les sanglots de la terre,

Et les cris des soldats ; non plus ces cris de guerre,

Qu'au milieu des combats leur courage exhalait ;

Mais ces cris de douleur qu'Albion frémissante,

Et déjà de sa mort long-temps impatiente,

      Peut-être aurait trop bien compris !

Sans espoir, sans vengeance, et sans femme et sans fils,

Après six ans de maux, Napoléon succombe,

      Et le ciel a fixé sa tombe

Sur un écueil..... et loin.... bien loin de son pays !

Il meurt.... Lowe a souri ; bientôt, par sa présence,

Lowe vient insulter aux mânes du héros

Dont une pierre blanche a recouvert les os,

Et semble sans retour les ravir à la France !....

                    2.

Elle domine au loin sur une mer immense,
Et son bloc paraît là pour guider les vaisseaux !

Cette pierre sans nom , d'une épaisse verdure,
Deux siècles écoulés, le temps la couvrira,
Et quelque jour peut-être, une charrue obscure
Va fatiguer le sol et le déchirera !

Ah ! quel spectacle alors pour la nouvelle race
Qui viendra dépouiller l'asile des tombeaux,
Quand on verra sortir cette sublime face,
Et ce corps enfermé dans le petit espace,
    Qui peut suffire aux restes d'un héros !

Avec lui l'on verra la suite des médailles
        Que son règne illustre enfanta :
Le coin qu'à son pouvoir la France présenta :
        Escorte de ses funérailles,
On verra ces rubans, présent trompeur des rois,
Qu'au jour de son bonheur ils lui donnaient naguère,
        Décorer ses habits de guerre,
    Qu'ils ont parés pour la dernière fois !

Si le peuple à venir, parcourant notre histoire,
En lisant ses hauts faits, refuse de les croire,
Qu'il aille se convaincre à l'aspect d'un tombeau !
Qu'il soulève un moment le poids lourd de la pierre,
Qu'il jette un seul regard sur cette auguste bière,
Qu'il croie et soit saisi d'un respect tout nouveau !

Napoléon y dort avec la renommée ;
De nos fastes guerriers immortel gardien,
Il conserve avec lui la gloire de l'armée,
Qui mourut avec lui.... qui maintenant n'est rien !

Mais le vent loin de nous fait fuir au loin vos rives,
Ile d'Elbe, et toi, Corse, à mes chants attentives,
Salut ! adieu cent fois à vos monts généreux :
L'aquilon bat les flancs de leurs masses plaintives ;
La nuit a couronné leurs cimes fugitives,
    Et je ne puis en détacher mes yeux !

Ainsi, jeune soldat, amoureux de la gloire,
Après avoir un an combattu l'Africain,
Près de ces bords fameux où va régner l'Histoire,

J'ai senti que mon cœur se remuait soudain,
Et saisi tout-à-coup d'un violent délire,

Sur mon luth j'ai porté la main :

J'ai dû chanter sur ma modeste lyre,

Les lieux déserts qu'habita le héros.

Je le suivis jusqu'au fond des tombeaux ;
Et si ma faible voix a trahi mon audace,
Du cœur des vrais Français j'ose attendre ma grace :
J'ai parlé de la Grèce et de la liberté,

Et des malheurs qu'a dû subir la France,

Et des affronts que son peuple irrité

Dut dévorer trois ans dans le silence !

A mon retour sur un sol regretté,
J'apprends du froid Germain la nouvelle insolence,
Et j'espère, en ce jour, que le fils de Henri,
Jaloux de notre honneur que l'on n'a pas flétri,
A nos preux outragés ménage la vengeance !